Die Frau meines

Freundes

Impressum

© 2023 Summer Winter

Druck und Distribution im Auftrag der Autorin:

tredition GmbH, Heinz-Beusen-Stieg 5, 22926 Ahrensburg, Deutschland

tredition GmbH, Abteilung "Impressumservice", Heinz-Beusen-Stieg 5, 22926 Ahrensburg, Deutschland.

Vorwort:

Sehr verehrte Leser,

vielen Dank für den Erwerb meines Buches.

"Die Frau meines Freundes" ist eine erotische Kurzgeschichte. Anja und Michael sind seit 15 Jahren verheiratet. Sie ist 7 Jahre jünger als er. Mit der Zeit schläft ihr Sexleben ein. Grund genug für Michaels alten Schulfreund, um Anja auf den Kitzler zu fühlen.

Doch nun zu meiner eigentlichen Person. Mein Name ist Summer Winter. Ich wurde 1982 geboren. Seit meiner Kindheit habe ich Geschichten aller Art geschrieben. Je älter ich wurde, desto stärker wurde mein Wunsch, erotische Geschichten zu schreiben. Und das tue ich jetzt.

Ich halte mich an keine festen Konventionen. Keine starren Ideen oder allgemeine Sichtweisen. Manchmal schreibe ich aus der Sicht einer Frau, manchmal aus der Sicht eines Mannes. Weil meine Geschichten für beide Geschlechter gemacht sind.

Ich hoffe, meine Leser mit meinen "Werken"

glücklich zu machen. Und zu erotischen

Handlungen zu inspirieren. Die nachfolgende

Geschichte ist zum Teil frei erfunden. Doch ein

großer Teil basiert auf meinem eigenen Leben.

Deine Summer

Die Frau meines Freundes

Ich kenne meinen besten Freund Michael schon seit unserer gemeinsamen Zeit in der Oberstufe des hiesigen Gymnasiums. Also ungefähr 30 Jahren. Wir haben viel gemeinsam unternommen, auch während unserer Studienzeit, die wir in getrennten, aber dennoch nahe beieinander liegenden Städten verbracht hatten. Michael studierte Germanistik und ich genoss das Studentenleben mit meinem Technikstudium. Auch nach der Studienzeit führte uns das Berufsleben nicht auseinander und so verfestigte sich unsere Freundschaft immer mehr.

Am Ende seiner Studienzeit lernte Michael seine jetzige Frau Anja kennen. Sie war damals erst 18, er bereits 25. Ich bin übrigens ein knappes Jahr älter als er. Anja war ein sehr hübsches junges Mädchen gewesen, mit großer Oberweite und lange braunen Locken. Ein heißer Feger, der sich auch gerne sexy kleidete. Michael war dennoch erst ihr zweiter Freund. Normalerweise hatten Michael und ich nicht annähernd den gleichen Frauengeschmack, aber da zuckte es mir anfangs schon gewaltig in den Lenden, wenn ich mit den Beiden unterwegs war. Doch irgendwann war ich auch mal wieder in festen Händen und es regulierte sich schnell. Bei der Hochzeit der Beiden war ich sein Trauzeuge und so verband uns drei noch mehr. Jeder konnte sich bisher absolut auf den anderen verlassen.

Die Zeit verging und nun sind die zwei Glücklichen schon über 15 Jahre verheiratet. Aus der hübschen jungen Göre wurde eine sehr attraktive Frau, die auf Grund ihrer liebenswerten Art aber Michael nie auch nur ansatzweise reelle Eifersuchtsängste bereitete. Dass das so ist, habe ich in der vergangenen Zeit immer hautnah mitbekommen. Ich glaube, ich kenne keine treuere Seele als Anja. Sie ist offen und ehrlich und mag es nicht, wenn es Geheimnisse zwischen den Partner gibt oder etwas unausgesprochen bleibt.

Michael und ich waren vor einiger Zeit auf einer unserer üblichen kleinen Sauftouren und in der Alkohollaune erzählte er mir, wie auch schon so oft zuvor, Geschichten aus ihren heißen Liebesnächten. Er erzählte mir, dass sie vor einiger Zeit in einem Sexshop gewesen seien und sich Anja bei dieser Gelegenheit einen besonders dicken Dildo ausgesucht und gekauft habe. Dieser sei auch gleich zu Hause in Betrieb genommen wurden und dabei sei Anja besonders heiß abgegangen.

So nutze man dieses Spielzeug nun ausgiebig, während "sein Spielzeug" zurzeit eher nur noch quasi nebenbei von ihr oral verwöhnt würde oder anal zum Einsatz kam. Einmal in Erzähllaune berichtete er auch, dass sie zwar immer sehr gerne bis zum Schluss lutsche, aber dann sein Sperma ausspucken würde. Wir waren uns aber einig, dass Oralverkehr bis zum Schluss wenigstens das Mindeste sei, was eine folgsame Ehefrau für ihren Göttergatten tun könne. Typische Männergespräche eben.

Ich machte mir aber über seine andere Aussage so meine Gedanken und stellte fest, dass ich beim gemeinsamen Duschen nach dem Sport oder in der Sauna irgendwann nebenbei bemerkt hatte, dass sein Gehänge dem Meinigen an Größe und Dicke deutlich unterlegen war, was aber nie Thema eines Gesprächs gewesen ist. Sollte das mein Schlüssel zu Anjas Liebesgrotte sein? Bisher hatte ich nie darauf geachtet, ob sie meinen Schwanz bei derartigen Gelegenheiten begutachtet hatte oder nicht. Gegenseitige Sticheleien und versteckte Anzüglichkeiten hatte es zwar immer mal gegeben, aber denen hatte ich nie eine Bedeutung beigemessen.

Ich hatte aber an diesem Abend derart unkeusche Gedanken im Bezug auf Anja, dass ich mich fast schon zwangsweise selbst befriedigen musste. Schnell und überraschend heftig bin ich dabei gekommen. Ich verdrängte diesen bescheuerten Gedanken aber erfolgreich bis zu unserem nächsten gemeinsamen Squash- und Saunaabend zu Dritt. Ich bin derzeit mal wieder solo, aber die beiden gaben mir nie das Gefühl das fünfte Rad am Wagen zu sein.

Anja freute sich eher auf die anschließenden Saunagänge, denn beim Squash hatte sie gegen uns "Kraftprotze" wie sie uns liebevoll nannte, nie wirklich eine Chance. Bislang machten mir die gemeinsamen Saunagänge mit ihr nichts aus, aber nun war ich schon ein wenig kribbelig und freute mich sehr darauf. Ich hatte mir extra die Intimhaare wieder fein säuberlich abrasiert, so dass mein Schwanz meiner Meinung nach noch besser zur Geltung kam. Beschnitten bin ich seit Jahren, auch das trug sicherlich positiv zu einer ansprechenden Optik bei.

Anja und Michael waren nach dem Spiel die Ersten in der Sauna, ich hatte meinen "Auftritt" kurz danach. Wohl wissend, dass Michael immer nur zwei Saunagänge absolvierte und Anja und ich üblicherweise deren drei, hob ich mir meine Balzrituale für die dritte Runde auf. Anja war heute in meinen Augen besonders lecker. Ihre prallen Brüste hängen zwar schon etwas, aber das tat der Optik in keinerlei Weise einen Abbruch, im Gegenteil. Ihr Bermudadreieck hatte sie wie so oft zu einem kleinen senkrechten Strich rasiert und sah zum Anbeißen aus.

Mein Blick auf sie hatte sich innerhalb der vergangenen Tage von der absolut unantastbaren Ehefrau meines besten Freundes, zum höchst lohnenswerten Objekt meiner sexuell schier ungezügelten Begierde gewandelt.

Nachdem Michael nach seinem zweiten Saunagang wie üblich die Segel strich, hatte ich endlich freie Bahn. Anja und ich waren zum Glück auch noch alleine in der kleinen Sauna und ich begann ein wenig mit ihr zu Flirten. Dabei setze ich mich so, dass ihr Blick direkt auf meinen Schwanz fiel. Hatte ich mir das nur eingebildet, oder schaute sie mir dieses Mal besonders lang auf mein Teil? Wenn mich meine Einschätzung nicht täuschte, dann begannen sich ihre Nippel ein wenig zu strecken. Oder kam das doch nur von der Hitze des Saunaofens und dem kürzlich erfolgten Aufgusses? Hatte ich eigentlich schon erwähnt, dass ich auf dicke Nippel stehe? Nein? Na, dann wissen sie es nun.

Scheinbar gedankenverloren spielte ich mit meinem Gerät und streifte den herabtropfenden Schweiß ab. Es ließ sich dabei bedauerlicherweise nicht vermeiden, dass mein Schwanz dadurch etwas steif wurde. Na gut, das "bedauerlicherweise" ist glatt gelogen. Anjas Blick hefte sich auf mein Teil und ließ ihn nicht mehr aus den Augen. Teil 1 meines Planes schien erfolgreich zu sein. Ich achtete nun immer darauf, dass sie einen ungehinderten Blick auf ihn hatte, was sie auch offensichtlich ausnutze.

Bei der Verabschiedung drückte sie mich diesmal besonders fest und ich meinte zu spüren, dass sie versuchte ihr Becken gegen meinen Schwanz zu drücken. Zwei Tage nach dieser Begebenheit erzählte mir Michael, dass Anja nach dem Saunabesuch so geil gewesen sei, dass sie ihm noch auf der Heimfahrt einen geblasen hätte. Wenn er den Grund gekannt hätte ... So hatte ich nun meine Saat ausgebracht und wartete auf die Einfuhr der erfolgreichen Ernte.

Ich hatte es offensichtlich Anja zu verdanken, dass die nächste Chance schneller kam, als ich mir erhofft hatte. Sie war es, die eifrig unser nächstes Squashspiel organisierte und dabei nicht vergaß mir mitzuteilen, dass besonders der erholsame Saunagang danach für sie eine wahre Freude sein würde. Also bereitete ich mich wieder ausgiebig darauf vor, ihr diesen Saunagang so anregend (und erregend) wie möglich zu gestalten und rasierte mich deshalb besonders gut.

Das Spiel war wie immer schnell abgehakt, gegen Michael hatte ich diesmal keine Chance. Meine Gedanken waren einfach nicht beim Spiel gewesen, sondern bei einer anderen Sache. Bildete sich mein verstrahltes Kleinhirn es nur ein, oder verhielt sich Anja mir gegenüber tatsächlich etwas anders verhielt als sonst? Bereits beim ersten Saunagang bemerkte ich ihre Blicke auf meinen Schwanz und auch sie hatte sich diesmal komplett rasiert.

Ich schaute für Michael unauffällig regelmäßig dorthin und wenn sie meinen Blick erfasste, öffneten sich ihre Beine kaum merklich und gewährte mir einen genauen Einblick auf ihre Lustgrotte. Der zweite Gang verlief genauso und ich hatte große Mühe, meinen Schwanz wenigstens nur in halbsteifem Zustand zu halten. Dies änderte sich schlagartig bei der dritten Runde. Ich liebe es, wenn in der Sauna nichts los ist, dann hat man auch wirklich seine

Ruhe. Und so war der dritte Gang für uns beide

ein erstes vorsichtiges Abtasten.

Ich machte mir nun keine Mühe mehr, meine

Geilheit ihr gegenüber zu verbergen. Ein Blick

auf ihre blitzblank rasierte Fotze genügte, um

meinen Schwanz zu voller Größe aufrichten zu

lassen. Ihr Blick war fast starr auf mein Teil

gerichtet und auch ihre Nippel sprachen

inzwischen Bände. Mich ritt der Teufel, als ich sie

fragte, ob ihr die Aussicht heute besser gefalle.

Sie atmete tief durch und nickte dann kaum

merklich. Aber ihre Beine spreizte sie noch

weiter und ihre Hand rieb einmal scheinbar

beiläufig kurz durch ihre sicherlich nicht nur

schweißgebadeten Lippen. Das junge, scheue Reh wartete darauf vom bösen, alten Wolf erlegt zu werden. Ich beließ es aber dabei und sie wusste nicht, ob sie einen Fehler gemacht hatte und zu weit gegangen war, oder ich nur mit ihr ein wenig spielte.

Bei der Verabschiedung vor dem Fitness-Center flüsterte sie mir aber dann doch ins Ohr, dass es ihr in der Sauna diesmal sehr gefallen hätte und sie sich jetzt schon sehr auf unseren nächsten Saunaabend freue. Sicherlich bekam Michaels kleiner Freund auf der Heimfahrt wieder spontan die scheinbar neu erwachte Geilheit seiner Ehefrau zu spüren.

Ich schlief in dieser Nacht schon, als ich vom lauten Piepsen meines Handys erwachte. Ja, ich habe es aus alter Gewohnheit meist auf dem Nachttisch liegen, obwohl es eigentlich ausgeschaltet sein sollte. Ich rappelte mich hoch, blickte neugierig mit verschlafenen Augen darauf und fand eine SMS von Anja. Meine Handynummer hatte sie schon seit ewigen Zeiten, aber bisher waren es nur belanglose und harmlose Nachrichten, die wir untereinander austauschten. Diese SMS jedoch ließ mich selbst um 3 Uhr in der Früh schlagartig wach werden.

"Ich kann nicht schlafen, ich habe ständig dein Bild vor meinen Augen und obwohl ich mich schon dreimal selbst befriedigt habe, bin ich immer noch geil. Ich weiß nicht was ich machen soll, ich möchte Michael nicht hintergehen. Aber ich muss dich spüren." Ich überlegte, ob ich ihr gleich antworten oder ob ich sie etwas schmoren lassen sollte. Ich entschied mich für eine kurze knappe Antwort, bei der ich hoffte, die richtige Resonanz zu erhalten. "Wenn du tust was ich verlange, bekommst du was du brauchst." Es dauerte keine Minute, bis ihre Antwort zurückkam. "Was immer du willst". Das war mehr als ein Freibrief, nun hatte ich genug Zeit mir meinen Schlachtplan auszuarbeiten und sie mir so gefügig zu machen, wie ich es mir in der letzten Zeit vorgestellt hatte.

Ja, ich weiß, die Frauen deiner besten Freunde sollten tabu sein, ich gedachte auch nicht, meine Freundschaft zu Michael aufs Spiel zu setzen, sondern verfolgte nun zielstrebig der Ausarbeitung eines Planes, bei dem ich ihn, zum Vorteil für uns alle, mit in die Geschichte einbeziehen konnte.

Ich verabredete mich mit den Beiden für den kommenden Samstagabend zum Tanzen. Für die übliche Runde Squash und Sauna war diesmal keine Zeit, außerdem war dies für meinen Plan völlig ungeeignet. Am späten Vormittag schickte ich Anja eine SMS, dass sie keinen BH und nur einen String unter einem möglichst kurzen und luftigen Kleid tragen solle. Sie schrieb mir wenig später eine längere SMS zurück, in der sie ausführlich beschrieb was sie anzuziehen gedenke, und dass sie seit dieser nächtlichen SMS manchmal mehrmals täglich ihr Höschen wechseln müsse. Na, das waren doch die allerbesten Voraussetzungen für einen netten Abend, ich musste mir aber möglichst bald für Michael noch etwas Passendes einfallen lassen.

Ich holte die Beiden zu Hause ab, so konnte

Michael etwas trinken und ich mich um Anja

besser "kümmern". Wir wechselten uns dabei eh

öfters ab, so dass das überhaupt nicht auffiel.

Sie sah umwerfend aus mit ihren hohen

Riemchenschuhen, dem kurzen dünnen

Sommerkleidchen mit tiefem Ausschnitt und

dem leicht erkennbaren String. Ich witzelte

beim Einsteigen, ob Michael und ich überhaupt

bei ihrem Anblick sitzen könnten, oder ob uns

dabei nicht etwas Hartes im Weg sei. Sie

errötete und Michael lachte und gab ihr einen

liebevollen Klaps auf den Arsch.

Anja kletterte auf den Rücksitz und gab dabei unfreiwillig, oder gewollt, einen kleinen Teil ihrer drallen Arschbacken frei. Mein Blut schoss nach unten und versammelte sich in der Körpermitte. Michael setzte sich auf den Beifahrersitz und schien nichts davon bemerkt zu haben.

In der Diskothek fanden wir einen netten Platz etwas abseits, wo man sich auch noch gut unterhalten konnte. Anja saß zwischen uns und genoss offensichtlich die große Aufmerksamkeit, die nun von zwei Seiten auf sie einprasselte. Sie tanzte zuerst mit ihm und als er sich erschöpft in die Kissen fallen ließ, war ich endlich an der Reihe. Darauf hatte ich gewartet, und wie sehr sie darauf gewartet hatte, bekam ich gleich zu spüren. Sie drückte ihr Becken an mich wie noch nie und schnell hatte mein steifer Schwanz den Kontakt zu ihr hergestellt.

Ihre Nippel pressten sich durch den dünnen Stoff und ihr Atem ging nicht nur wegen dem Tanzen so schnell. Sie flüsterte mir ins Ohr, dass sie seit der Sauna fast schon dauergeil sei und nicht wisse, wie das mit uns weitergehen würde. Aber sie würde zu ihrem Wort stehen, egal was passiere. Meine Hand streichelte und knetete beim Tanzen ihren Arsch und ich presste ihr Becken hart gegen meinen Schwanz.

Nach dem fünften oder sechsten Tanz sagte ich ihr, dass wir jetzt zusammen nach draußen auf den Parkplatz gehen würden und sie mir zeigen könne, wie ernst es ihr mit ihrem Versprechen tatsächlich sei. Sie nickte und so legte ich ihr meinen Arm um die Schulter und führte sie nach draußen. Ich spürte, dass ich sie nun im Griff hatte und so schob ich sie in eine etwas dunklere Ecke des Platzes. Dort befahl ich ihr, sich vor mich hinzuknien und meinen Schwanz herauszuholen. Sie kam dieser "Bitte" unverzüglich nach, ehe ich es mich versah lutschte sie gierig an meinen harten Schwanz. Ich beugte mich etwas nach vorne, hob ihre prallen Titten aus dem Trägerkleidchen und spielte mit den steifen Nippeln. Sie stöhnte mit meinem Schwanz in ihrem Mund auf, als ich mit Daumen und Zeigefinger die Nippel zwirbelte und langzog. Sie brachte mich durch ihr gekonntes Lutschen ziemlich schnell nahe an den Orgasmus und so unterbrach ich schleunigst ihre äußerst zielstrebigen Bemühungen.

Ich zog sie hoch und drückte ihren Oberkörper mit den nackten Titten auf die Motorhaube des Autos neben uns. Ich hob das kurze Kleidchen über ihren Arsch und zog ihr den klatschnassen String aus. Sie spreizte ihre Beine und erwartete meinen harten Schwanz in ihrer triefnassen

Fotze. Sie bekam nun stoßweise was sie sich seit Tagen erträumt hatte und so war es nicht verwunderlich, dass sie schon nach wenigen Stößen mächtig kam. Sie hielt sich selbst den Mund zu, damit sie nicht die gesamte Umgebung auf sich aufmerksam machte. Ich fickte sie noch zu einem zweiten Orgasmus und zog sie dann wieder auf die Knie. Ihre lustvollen Lippen besorgten mir nun den Rest und ich schoss ihr mein Sperma tief in den Rachen. Durch meine Hand an ihrem Hinterkopf war sie gezwungen alles zu schlucken. Vorher ließ ich meinen Schwanz nicht aus ihrem Mund.

Ich zog sie hoch und wir küssten uns zärtlich. Dann gab ich ihr den String zurück und sie zog ihn wieder an. Bevor sie ihn jedoch ganz hochgezogen hatte, steckte ich ihr noch einmal einen Finger in ihre Fotze und befahl ihr dann, diesen Finger sauber zu lecken. Auch dieser Anweisung kam sie unverzüglich nach und sie schleckte und saugte an meinem Finger, als wäre es mein Schwanz. Wir gingen zügig wieder zurück in die Disko damit Michael uns nicht zulange vermisst oder uns gar noch sucht. Alles in allem hatte die Aktion wohl knapp 15 bis 20 Minuten gedauert. Ich sagte zu ihr, falls Michael fragen sollte, solle sie sagen, dass ihr beim Tanzen schwindlig geworden sei und wir wären daher ein wenig an der frischen

Luft gewesen. Sie nickte zustimmend und ging

für kleine Mädchen auf die Damentoilette, um

ihr Make-up aufzufrischen.

Noch während sie auf der Toilette war, bekam

ich auf mein Handy eine MMS von ihr mit einem

Bild ihrer nackten rasierten Fotze und der

Bemerkung, dass die jetzt mir gehören würde,

wann immer ich sie haben wolle. Ich hatte den

ersten wichtigen Sieg also errungen, die

weitaus größere Schlacht stand mir aber noch

bevor.

Michael hatte nichts bemerkt, er war mit einem

Bekannten ins Gespräch vertieft gewesen und

hatte schon ordentlich dem süffigen Bier der örtlichen Lokalbrauerei zugesprochen. Noch ein oder zwei Gläser davon und der Abend wäre für ihn und Anja quasi gelaufen. Wobei.... für ihn sicherlich, aber auch für Anja? Da hatten sie und ich doch noch ein Wörtchen mitzureden. Ich war wild entschlossen, ihr heute noch einmal einen richtig guten Fick zu verpassen. Also bestellte ich uns beiden Kerlen noch je ein großes Glas dieses leckeren Biers und Anja einen leckeren Cocktail (welch interessantes Wort in diesem Zusammenhang). Nach einem weiteren Glas war Michael quasi "out of order".

Anja hatte das auch mit einem Lächeln registriert und sorgte dafür, dass Michael sich schlafend in eine Ecke verzog und vergnügte sich dann mit mir. Wir tanzen eine Weile und sie rieb ihr Becken wieder an meinem zum neuen Leben erwachten Schwanz. Ich massierte wieder ihre Arschbacken, und knabberte und saugte an ihrem Ohrläppchen. Wir waren beide schon wieder richtig geil aufeinander.

Sie flüsterte mir ins Ohr, dass ich heute in ihrem Gästezimmer schlafen könne, dann wäre sie für mich jederzeit verfügbar, und Michael könnte seinen Rausch in Ruhe ausschlafen. Ein solch direktes Angebot abzulehnen, käme auch einem alten Sack wie mir, niemals in den Sinn.

So gingen wir wieder zurück zu unserem

Sitzplatz, weckten Michael und schleppten ihn

zum Auto. Sicherheitshalber setzen wir ihn

diesmal auf die Rücksitzbank und Anja stieg

vorne ein. Michael schnarchte sofort wieder

weiter und ich gab Anja zu verstehen, dass sie

ihren String auszuziehen hätte. Dieser

Aufforderung leistete sie sofort Folge, sie ließ ihr

Kleid gleich über ihrem Arsch und bot mir

sogleich mit gespreizten Beinen ungehinderten

Zugriff auf ihre Fotze.

Ich rieb ihr ein wenig die nasse Spalte und sie

biss sich auf die Hand, um nicht laut

aufzustöhnen. Ihre Hand rubbelte derweil eifrig über meiner Hose an meinem harten Schwanz, auf dass er so bleiben solle, bis für sie die nächste Gelegenheit für seine bestimmungsgemäße Nutzung käme. Die Gefahr von Michael ertappt zu werden erschien uns äußerst gering, wir kannten beide zur Genüge die Auswirkungen seines Alkoholgenusses.

Als wir nach etwa 30 Minuten bei ihnen zu Hause angekommen waren, saß sie fast keusch wieder auf dem Beifahrersitz und wir weckten Michael erneut. Er verkrümelte sich eiligst ins Schlafzimmer und nach 10 Minuten hörten wir ihn schon wieder sägen. Das war unser Signal.

Ich zog Anja ins Gästezimmer, verschloss die

Türe von innen und befahl ihr sich ausziehen.

Mit einem Strahlen im Gesicht folgte sie meiner

Anweisung. Als sie die Schuhe ausziehen wollte,

hielt ich sie auf und meinte "nur das Kleid".

So stand sie wenige Sekunden danach nackt

vor mir. Sie kam zu mir und wir küssten uns heiß

und innig. Sie begann meine Hose zu öffnen

und nahm sanft meinen harten Schwanz in ihre

Hand. Ich schlüpfte eiligst aus meinen Schuhen

und zog mich ebenfalls nackt aus. Sie kniete

vor mir nieder und begann meinen Schwanz

mit ihren wundervollen Lippen zu verwöhnen.

Ich fickte sie ein Weilchen in ihren Mund und befahl ihr dann sich aufs Bett zu knien und ihren geilen Arsch schön herauszustrecken. Sie beeilte sich und wackelte vor mir mit ihrem verlockenden Arsch. Diesem Angebot konnte und wollte ich erwartungsgemäß nicht widerstehen und ich fickte Michaels Ehefrau nach allen Regeln der Kunst genüsslich durch. Sie genoss meinen dicken großen Schwanz sichtlich und stöhnte ihre Lust in das Kopfkissen.

Nach einiger Zeit, und zwei Orgasmen von ihr, zog ich meinen Schwanz unter ihrem Protest aus ihrer nun schön geöffneten Fotze und legte mich aufs Bett. Sie verstand sofort und bestieg meinen Harten ohne zu Zögern. Während ich

an ihren großen Titten spielen und an den

Nippel saugen konnte, holte sie sich wieder

etwas mehr von dem, was sie sich wohl seit der

Sauna erträumt hatte. Irgendwann konnte und

wollte ich mich wirklich nicht mehr zurückhalten

und spritze ihr mein Sperma tief in Richtung

Gebärmutter.

Von ihren eigenen Orgasmen erschöpft, blieb

sie auf mir liegen und küsste mich. "Ich will, dass

er nie mehr aus meiner Fotze geht" flüsterte sie

ihren leider nur zeitweilig erfüllbaren Wunsch.

Sie kuschelte sich noch eine Weile an mich und

stand dann irgendwann auf, um in das

eheliche Schlafzimmer zu gehen. Sie machte

sich nicht die Mühe das Kleid anzuziehen, denn

offensichtlich hatte sie einen Entschluss gefasst.

Welchen Entschluss sie gefasst hatte, das sollte

ich sehr bald und sehr deutlich mitbekommen.

Irgendwie hatte ich zwar lange, aber nicht

besonders gut geschlafen und kam auch nach

einer Dusche nicht so richtig in die Gänge.

Männer in meinem Alter sind für Nächte dieser

Art wohl nicht (mehr) geschaffen. Ich bin kein

Mann für eine ganze Nacht, ich bin schon nach

drei Stunden schlapp. Meine Gedanken

rekapitulierten die vergangene Nacht, und mir

war es nicht ganz wohl dabei. Ich hörte es in

der Küche rumoren und es roch nach Eiern mit Speck. Ich betrat die Küche und fand eine erstaunlich fröhliche Anja im Longshirt am Herd stehend, und einen sichtlich geknickten Michael am Esstisch sitzend vor.

Ein Blick genügte, dass das nicht mit dem Alkoholgenuss am Vorabend zu tun hatte, sondern dass irgendwas vorgefallen sein musste. Mein "Morgen" wurde von Michael leise und ohne aufzuschauen erwidert. Anja hingegen kam zu mir, drückte mich und dann haute es mich fast von den Socken. Sie küsste mich nicht auf die Backe, sondern auf den

Mund, schob ihre Zunge in Selbigen und knutschte mit mir wie ein verliebter Teenager.

Mit offenen Augen ließ ich es über mich ergehen, denn ich wusste nicht wie ich reagieren sollte. Anja löste sich von mir, schaute mir in die Augen und sagte: "Michael weiß es und er hat es akzeptiert." BUMM, das saß und ich musste mich setzen. Ich schaute ihn an und er zuckte zuerst mit den Schultern und nickte dann zustimmend, wobei er den Gesichtsausdruck eines angeschossenen Rehs hatte.

Damit ich wohl nicht in die Verlegenheit einer Entschuldigung kam, erklärte mir Anja, dass sie ihn, nachdem sie nackt aus dem Gästezimmer gegangen war, geweckt und ihm alles erzählt hätte. Sie stellte ihn vor die Wahl, mich als ihren Lover zu akzeptieren und zu respektieren oder gleich aus dem gemeinsamen Schlafzimmer ausziehen zu können. Ich kann mir vorstellen, dass ein (besonders ein betrunkener) Ehemann eine derartige Enthüllung nur schwer verkraftet. Sie erklärte ihm aber, dass sie ihn dennoch über alles liebe und warum das soweit gekommen sei. Sie habe schon lange vor dem Dildokauf mit anderen Dingen in ihrem Fötzchen experimentiert und festgestellt, dass es da sicherlich noch was Längeres und Dickeres für sie geben würde. Und da sie mich schon lange kenne und auch sehr mag, wäre ihre Entscheidung schnell gefallen gewesen. Nun kannte er auch den Grund des spontanen Oralverkehrs nach der Sauna.

Sie erzählte mir schmunzelnd weiter, dass sie ihm während der Erzählung von unseren beiden Ficks die Boxershorts ausgezogen und seinen Schwanz gewichst hätte. Dabei hätte er sich nicht gewehrt, sondern wäre geil geworden und hätte schließlich alle schmutzigen Details mehrmals genau wissen wollen. Schlussendlich wäre er über sie hergefallen und hätte sie hart rangenommen.

Sie grinste und küsste ihren Michael auf die Backe. Ich überlegte noch was ich zu ihm sagen sollte, da nahm er mir die Entscheidung ab und meinte: "Hey, wenn sie schon ein anderer fickt, dann wenigstens der blöde Kerl, den ich zu meinem Leidwesen sogar ein bisschen leiden kann". Dann stand er auf und klopfte mir grinsend auf die Schulter.

Trotzdem war mir noch eine Zeitlang unwohl dabei, aber Anja und Michael sorgten mit ihrem quirligen und ungezwungenen Auftreten schnell für eine bessere Stimmung und Anja servierte uns im knappen Longshirt ohne Unterwäsche das Frühstück. Michael schien tatsächlich sehr locker mit der Sache umzugehen und wollte unbedingt einen Termin für die nächste Sauftour.

Bevor ich die beiden Hübschen erst einmal alleine ließ, verpasste Anja ihrem Michael noch einen gepflegten Blowjob und ich genoss gleichzeitig ihr ziemlich feuchtes, gieriges Fötzchen.

FSC
www.fsc.org
MIX
Papier | Fördert
gute Waldnutzung
FSC® C083411

Zeitfracht Medien GmbH
Ferdinand-Jühlke-Straße 7
99095 Erfurt, Deutschland
produktsicherheit@kolibri360.de